¡Muy bien!

Level B

Double R Publishing, LLC

Author & Project Director: Raquel Reyes
Co Authors: Silvia Diez, Aida Fernández
Illustrations: Mercedes Chávez

¡Muy bien! Student Book Level B
ISBN 0-9713381-0-8

Manufactured in the
United States of America.

Double R Publishing, LLC.
Distributed by:
ABC'S Book Supply, Inc.
7319 West Flagler Street
Miami, Fl. 33144
Toll Free 1-877-262-4240

305- 262-4240
email : abcsbook@abcsbook.com

DEDICATION

I would like to dedicate this heartfelt project to my loving grandchildren in hopes that this program will help them retain and appreciate their cultural roots.

I would like to thank my dear friends Silvia Diez and Aida Fernandez who share my enthusiasm for the Spanish language and love of children. Without their long hours of dedication and help, this project would never have become a reality.

To my daughter and best friend Becky, I want to thank her for her constant encouragement and trust in my ability. Had it not been for her constant enthusiasm, encouragement, time and moral support, I would have never found the confidence to made this lifelong dream come true.

Finally but most importantly, to my husband Rafael I owe the most gratitude. Through him I have known a lifetime of love, patience and support. He has supported my long hours away from his side allowing me to realize not only this project, but my entire career. Any success of mine I owe to him.

Raquel Reyes

Contenido

Los saludos

¡Buenos días!

¡Buenas tardes!

¡Buenas noches!

¡Buenos días, Sra. López!

¡Buenos días, José! ¿Cómo estás?

Bien, gracias.

¡Buenas tardes, Ana!

¡Buenas tardes, Juan! ¿Qué tal?

Muy bien ¿Y tú?

Bien, gracias.

¡Buenas noches, Inés!

¡Buenas noches, Ema!

¡Adiós, Ulises!

¡Hasta luego, Omar!

¡Hola! Me llamo Pepe ¿Y tú?

¡Hola!, Me llamo Ana. ¿Y tú?

Me llamo Juan.

¡Buenos días, me llamo Sra. López! ¿Y tú?

Me llamo Omar.

¡Buenas tardes, me llamo Ema! ¿Y tú?

Me llamo Inés.

Me llamo Sr. Gómez. ¿Tú te llamas Juan?

No, me llamo José.

El aula

¿Qué es?

1) librero
2) escritorio
3) pupitre
4) reloj
5) ventana
6) puerta
7) pizarra
8) silla
9) mesa

¡Bienvenidos!

Los colores

rojo   azul   amarillo   verde   blanco   negro

¿Qué es?

Es ....

¿De qué color es?

Es ....

9

¿Qué es?
¿Qué son?

1) bloques
2) tizas
3) libro
4) papel
5) goma de pegar
6) tijeras
7) crayones
8) regla
9) mochila
10) lápiz
11) libreta

¿Qué es?
¿De qué color es?

¿Qué son?
¿De qué color son?

¿Qué es? — Es el libro.
¿De qué color es? — Es azul.

¿Qué son? — Son los creyones.
¿De qué color son? — Son verde, amarillo, azul y rojo.

¿Qué son? — Son el lápiz, la goma de pegar, la libreta y las tijeras.

Maria ROCKS

Las posiciones: ¿Dónde está? ¿Dónde están?

¿Dónde están los libros?

Están en el librero.

¿Dónde está el librero?

Está debajo de la ventana.

¿Dónde está el pupitre?

Está frente a la silla.

¿Dónde está el libro?

Está sobre la mesa.

¿Dónde está el reloj?

Está arriba de la pizarra.

¿Dónde está la pizarra?

Está detrás del escritorio.

¿Dónde está la mochila?

Está al lado del pupitre.

¿Dónde está la regla?

Está en la mochila.

Los números

¿Cuántas banderas son?

Son dos banderas.

Son nueve creyones.

Son ocho gomas de pegar.

Son seis libros.

Son dos pupitres.

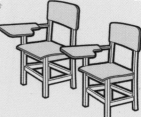

Son cinco reglas.

Son diez tizas.

Son tres lápices.

Son siete relojes.

Son dos pizarras.

Son cuatro mochilas.

Figuras geométricas

¿Qué es?

¿De qué color es?

¿Qué son?

¿De qué color son?

¿Para qué quieres?

¿Para qué quieres?

¿Para qué quieres los creyones?

Para colorear.

¿Para qué quieres las tijeras?

Para recortar.

¿Para qué quieres el libro?

Para leer.

¿Para qué quieres el lápiz?

Para escribir.

¿Para qué quieres la goma de pegar?

Para pegar.

¿Qué es?

biblioteca

oficina

dirección

patio

aula

cafetería

¿Qué es? ¿Quién es?

¿Qué número es?

0 cero	**3** tres	**6** seis	**9** nueve
1 uno	**4** cuatro	**7** siete	**10** diez
2 dos	**5** cinco	**8** ocho	

11 once	15 quince	18 dieciocho
12 doce	16 dieciséis	19 diecinueve
13 trece	17 diecisiete	20 veinte
14 catorce		

La familia de Lupe

¿Quién es?

1) mamá
2) papá
3) abuela
4) abuelo
5) hermana
6) hermano
7) Lupe
8) gato

¿Quiénes son?

Son mis padres.

Son mis abuelos.

Son mis hermanos.

¿Qué es? ¿Cómo es?

Es una familia grande.

Es una familia pequeña.

¿Qué es?

¿Cómo es?

Es una familia mediana.

Es una familia grande.

Es una familia pequeña.

Se llama. . .

Luis

María

Sara

Antonio

Alberto

Es la familia de Lupe.

Lina

Misú

Es la familia Mena.

¿Cómo es la familia de Lupe? Es ....

¿Cuántos son? Son ....

¿Cómo es tu familia? Es ....

¿Cuántos son? Son ....

Mi/mis. Tu/tus.

¿Es tu gato?

Sí, es mi gato.

¿Es tu hermana?

Sí, es mi hermana.

¿Es tu hermana?

No, no es mi hermana.

¿Son tus padres?

Sí, son mis padres.

¿Son tus abuelos?

Sí, son mis abuelos.

¿Son tus hermanos?

Sí, son mis hermanos.

Los tres

papá oso

mamá osa

osito

Es la familia de los osos.

grande   mediano   pequeño

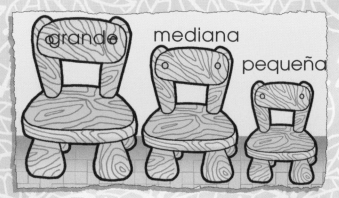

grande   mediana   pequeña

El plato de papá oso es **grande**.
El plato de mamá osa es **mediano**.
El plato de osito es **pequeño**.

La silla de papá oso es **grande**.
La silla de mamá osa es **mediana**.
La silla de osito es **pequeña**.

grande   mediana   pequeña

La cama de papá oso es **grande**.
La cama de mamá osa es **mediana**.
La cama de osito es **pequeña**.

Es Ricitos de Oro.

mediano

Es un plato mediano.

pequeña

Es una silla pequeña.

grande

Es una cama grande.

¿Quién es?   Es Ricitos de Oro.

¿Qué es?

1) casa

2) casa de apartamentos

3) chimenea

4) techo

5) garaje

6) puerta

7) ventana

8) jardín

9) patio

10) balcón

11) escalera

¿Qué tiene ...?

–¿Qué tiene tu casa?

–Mi casa tiene garaje, techo, puertas y chimenea.

–¿Dónde vives?

–Vivo en una casa.

–¿Cómo es tu casa?

–Mi casa es pequeña.

–¿Qué tiene tu casa?

–Mi casa tiene dos ventanas al frente.

–¿Dónde vives?

–Vivo en una casa. de apartamentos.

–¿De qué color es tu casa de apartamentos?

–Mi casa de apartamentos es blanca.

–¿Qué tiene tu casa de apartamentos?

–Mi casa de apartamentos tiene balcones y una chimenea pequeña.

–¿Dónde vives?

–Vivo en una casa grande.

–¿Qué tiene tu casa?

–Mi casa tiene patio y escalera.

–¿Dónde está la escalera?

–La escalera está detrás de la casa.

dormitorio grande

baño

dormitorio pequeño

sala

comedor

cocina

¿Cuántos cuartos tiene la casa?
La casa tiene seis cuartos.

¿Qué es? ¿Dónde está?

-¿Qué es?

-Es la sala.

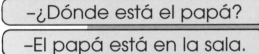

-¿Dónde está el papá?

-El papá está en la sala.

-¿Qué es?

-Es el dormitorio grande.

-¿Dónde está la mamá?

-La mamá está en el dormitorio grande.

**¿Qué es?
¿Dónde está?**

-¿Qué es?

-Es el comedor.

-¿Dónde está el abuelo?

-El abuelo está en el comedor.

-¿Qué es?

-Es la cocina.

-¿Dónde está la abuela?

-La abuela está en la cocina.

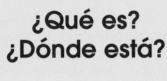

¿Qué hay en la sala?

1) sofá
2) lámpara
3) televisor
4) butaca
5) mesa de centro

–¿Qué hay en la sala?

–Hay un sofá, una butaca, un televisor, una mesa de centro y una lámpara.

–¿De qué color es el sofá?

–El sofá es rojo.

–¿Cuántas butacas hay en la sala?

–Hay dos butacas, una verde y una azul.

–¿Hay mesas en la sala?

– Sí, una mesa de centro.

El dormitorio grande

¿Qué hay en el dormitorio grande?

1) mesa de noche
2) cama
3) gavetero
4) cómoda
5) espejo

–¿Qué hay en el dormitorio grande?

–Hay una cama, una mesa de noche, una cómoda, un gavetero y un espejo.

–¿De quién es la cómoda?

–La cómoda es de mamá.

–¿De quién es el gavetero?

–El gavetero es de papá.

–¿Qué hay en la cama?

–Hay una sobrecama azul.

La cocina

¿Qué hay en la cocina?

1) refrigerador
2) lavaplatos
3) fregadero
4) gabinetes
5) estufa
6) horno

–¿Qué hay en la cocina?

–Hay una estufa, gabinetes y un refrigerador.

–También hay un fregadero y un lavaplatos.

–¿Dónde está el horno?

–Está debajo de la estufa.

–¿Cómo es el horno?

–Es un horno mediano.

–¿Cuántos gabinetes hay en la cocina?

–Hay diez gabinetes.

–¿De qué color son los gabinetes?

–Los gabinetes son amarillos y grandes.

–¿De qué color es el refrigerador?

–El refrigerador es azul.

–¿Dónde está el refrigerador?

–Está al lado del lavaplatos.

El dormitorio pequeño

¿Qué hay en el dormitorio pequeño?

1) lámpara
2) mesa de noche
3) cama
4) alfombra
5) escritorio
6) ordenador o computadora
7) cortina
8) silla
9) gavetero
10) espejo
11) cómoda
12) juguetes
13) juguetero
14) piso

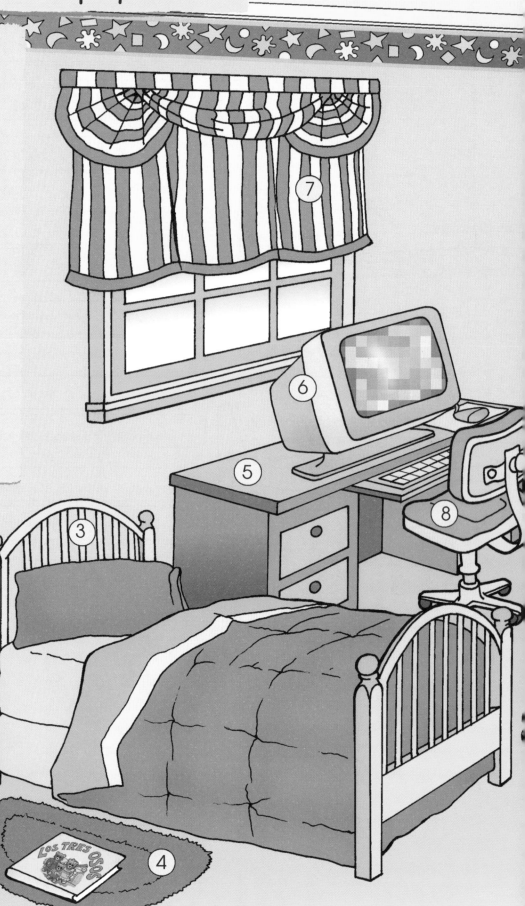

–¿Qué hay en el dormitorio pequeño?

–Hay una cama, una mesa de noche, un ordenador, una alfombra y juguetes.

–¿Qué hay sobre el escritorio?

–Hay un ordenador, también se llama computadora.

–¿Para qué quieres el ordenador?

–Para escribir.

–¿Dónde está el libro?

–Está sobre la alfombra.

–¿De quién es el libro?

–El libro es de mi hermana.

–¿Dónde están los juguetes?

–Están en el piso, frente a la cama.

–¿Qué hay en el juguetero?

–En el juguetero hay juguetes.

–Pon los juguetes en el juguetero.

El baño

¿Qué hay en el baño?

1) inodoro
2) ducha
3) bañadera
4) cortina de baño
5) alfombra
6) espejo
7) lavamanos

–¿Qué hay en el baño?

–Hay un lavamanos, un inodoro, una bañadera, una ducha y una alfombra.

–¿Dónde está tu hermano?

–Mi hermano está en la bañadera.

–¿Qué tiene la bañadera?

–La bañadera tiene una ducha y una cortina de baño.

–¿Dónde está el inodoro?

–El inodoro está frente al lavamanos.

–¿De qué color es el lavamanos?

–El lavamanos es verde y el inodoro también.

–¿Hay alfombra en el baño?

–Sí, hay una alfombra pequeña.

–¿Dónde está la alfombra?

–Está sobre el piso, frente a la bañadera.

El comedor

¿Qué hay en el comedor?

1) lámpara
2) cuadro
3) tenedor
4) mantel
5) plato
6) cuchara
7) vaso
8) cuchillo
9) servilletas
10) silla
11) vitrina
12) tazas
13) copas

–¿Dónde está la familia?

–La familia está en el comedor.

–¿Qué hay en el comedor?

–Hay una mesa, una vitrina, una lámpara de techo, sillas y cuadros.

–¿Qué hay en la mesa?

–En la mesa hay platos, vasos, servilletas y cucharas.

–¿Dónde están las servilletas?

–Están sobre la mesa.

–¿Dónde están las tazas?

–Las tazas están en la vitrina.

–¿Dónde están las copas?

–Están en la vitrina también.

–¿Hay un mantel en la mesa?

–Sí, y es de color azul.

–¿Cuántos cuadros hay en el comedor?

–Hay dos cuadros de muchos colores.

La tienda de ropa

¿Qué hay en la tienda?

1) camisa
2) gorra
3) trusa o traje de baño
4) pantalón
5) blusa
6) falda
7) sombrero
8) vestido
9) medias
10) zapatos

¿De qué color es?

El vestido es rosado.

La blusa es anaranjada.

La camisa es carmelita.

La falda es morada.

El pantalón es gris.

El sombrero es gris y morado.

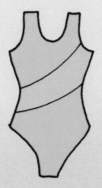

La trusa es anaranjada y rosada.

La gorra es morada y carmelita.

Las medias son carmelitas y anaranjadas.

El zapato es gris y rosado.

La blusa es nueva.

La blusa es vieja.

Las medias son nuevas.

Las medias son viejas.

El pantanlón es nuevo.

El pantalón es viejo.

El zapato es nuevo.

El zapato es viejo.

El sombrero es nuevo.

El sombrero es viejo.

¿Cuánto cuesta?

¿Qué estación es?
Es el invierno.

¿Qué estación es?
Es la primavera.

¿Qué estación es?
Es el verano.

¿Qué estación es?
Es el otoño.

¿Cuántas estaciones hay en el año?
Hay cuatro estaciones en el año.

¿Qué tiempo hace?

Hace frío.

Hace calor.

Hace sol.

Hace viento.

Hace mal tiempo.

Hace buen tiempo.

¿Qué llevas puesto en . . . ?

-¿Qué estación es?

-Es invierno.

abrigo

botas de nieve

suéter

guantes

bufanda

gorro de lana

-¿Qué tiempo hace?

-Hace frío.

-¿Qué llevas puesto?

-Llevo abrigo, guantes y botas de nieve.

-¿Qué estación es?

-Es primavera.

botas de agua

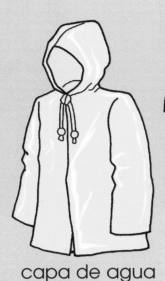

capa de agua

sombrilla

-¿Qué tiempo hace?

-Hace mal tiempo.

-¿Qué llevas puesto?

-Llevo una capa de agua amarilla, una sombrilla de muchos colores y botas rojas.

–¿Qué estación es?

–Es verano.

pantalón corto

blusa

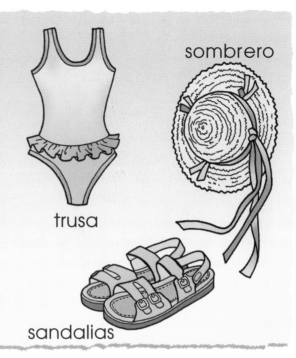
sombrero

trusa

sandalias

–¿Qué tiempo hace?

–Hace sol, y
también hace calor.

–¿Qué llevas puesto?

–Llevo pantalón
corto y sandalias.

–¿Qué estación es?

–Es otoño.

chaqueta

medias

camisa

zapatos

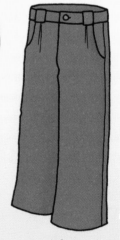
pantalón

–¿Qué tiempo hace?

–Hace viento.
Hace mal tiempo.

–¿Qué llevas puesto?

–Llevo chaqueta
y pantalones.

Los meses del año

¿Qué mes es?
Es **enero**.

¿Qué mes es?
Es **febrero**.

¿Qué mes es?
Es **marzo**.

¿Qué mes es?
Es **abril**.

¿Qué mes es?
Es **mayo**.

¿Qué mes es?
Es **junio**.

¿Qué mes es?
Es **julio**.

¿Qué mes es?
Es **agosto**.

¿Qué mes es?
Es **septiembre**.

¿Qué mes es?
Es **octubre**.

¿Qué mes es?
Es **noviembre**.

¿Qué mes es?
Es **diciembre**.

Los días de la semana

lunes

martes

miércoles

jueves

viernes

sábado

domingo

diciembre

lunes	martes	miércoles	jueves	viernes	sábado	domingo
	1	2	3	4	5	6
7	8	9	10	11	12	13
14	15	16	17	18	19	20
21	22	23	24	25	26	27
28	29	30	31			

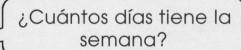

¿Cuántos días tiene la semana?

La semana tiene siete días.

64

¿Qué número es?

21 veintiuno
22 veintidós
23 veintitrés
24 veinticuatro
25 veinticinco
26 veintiséis

27 veintisiete
28 veintiocho
29 veintinueve
30 treinta
31 treinta y uno

lunes **22**
Es lunes veintidós.

martes **25**
Es martes veinticinco.

miércoles **24**
Es miércoles veinticuatro.

domingo **21**
Es domingo veintiuno.

miércoles **31**
Es miércoles treinta y uno.

domingo **28**
es domingo veintiocho.

lunes **29**
Es lunes veintinueve.

martes **23**
Es martes veintitrés.

sábado **27**
es sábado veintisiete.

martes **30**
Es martes treinta.

viernes **26**
Es viernes veintiséis.

¿Adónde vas?

¿Adónde vas?

Hoy es lunes. Voy a la escuela.

¿Qué día es hoy?

Hoy es martes.

¿Adónde vas?

Voy a la biblioteca.

¿Adónde vas?

Es miércoles, voy a la clase de música.

¿En qué aula es?

Es en el aula veintiocho.

¿Adónde vas?

Es jueves. Voy a casa de mis abuelos

¿Dónde viven?

En la casa verde, al lado de la escuela.

- ¿Adónde vas el viernes?

- Voy a la casa de Omar.

- ¿Dónde vive Omar?

- Vive en una casa grande, frente a la escuela.

- ¿Qué número tiene la casa?

- La casa tiene el número treinta y uno.

- Vamos a jugar béisbol.

- ¿Adónde vamos a jugar?

- Hoy es sábado. Vamos al patio de la escuela.

- Busca bates y pelota.

- ¿Qué días de la semana vas a la escuela?

- Voy lunes, martes, miércoles, jueves y viernes.

- ¿Adónde vas el sábado?

- Voy a la tienda de ropa.

- ¿Adónde vas el domingo.

- Voy a casa de Inés.

¿Qué día es hoy?
¿Qué día fue ayer?
¿Qué día será mañana?

lunes	martes	miércoles	jueves	vierne
	1	2	3	4
7	8	9	10	11
14	15	16	17	18
21	22	23	24	25
28	29	30	31	

¿Qué día de la semana es el dieciséis?

Es miércoles.

Hoy es miércoles nueve.
¿Qué día fue ayer.

Ayer fue martes ocho.

sábado	domingo
5	6
12	13
19	20
26	27

–¿Qué día de la semana
es el treinta y uno.

–Es jueves.

–Hoy es domingo veintisiete.
¿Qué día será mañana?

–Mañana será lunes
veintiocho.

–¿Qué días de la semana
son el veintiuno y el veintidós?

–Son lunes y martes.

–¿Qué día de la semana
es el doce?

–Es sábado.

El reloj

¿Qué es?

1) reloj
2) amanecer
3) mediodía
4) anochecer
5) medianoche

¿Qué hora es?

Es la **una**.

Son las **dos**.

Son las **tres**.

Son las **cuatro**.

Son las **cinco**.

Son las **seis**.

Son las **siete**.

Son las **ocho**.

Son las **nueve**.

Son las **diez**.

Son las **once**.

Son las **doce**.

¿Qué hora es?

Es la hora de…

El cumpleaños de Pepe

El cumpleaños de...

¿Qué es?
¿Qué son?

1) velitas
2) platos
3) servilletas
4) tenedores
5) regalos
6) burro
7) fotos
8) torta

La **A** quiere jugar.

La **E** quiere leer.

La **I** quiere escribir.

La **O** quiere comer.

La **U** quiere estudiar.

para todas juntas cantar:

¡a, e, i, o, u!

¿Qué es?

1) parque de diversiones

2) carrusel

3) estrella

4) montaña rusa

Es el parque de diversiones.

¿Qué es?

1) zoológico

2) jirafa

3) mono

4) oso

5) jaula

6) león

Es el zoológico.

82

¿Qué es?

1) playa
2) sol
3) mar
4) arena

Es la playa.

¿Qué es?
¿Qué son?

1) campo
2) papalote
3) merienda
4) salsa de tomate
5) papitas
6) perro caliente

Es el campo.

Las acciones

Voy a **montar** el carrusel.

Voy a jugar en la arena.

¿Qué vas a hacer?
Voy a . . .

Voy a volar el papalote.

Voy a nadar en el mar.

Vamos a **comer** torta.

Vamos a **mirar** el televisor.

¿Qué vamos a hacer?
Vamos a . . .

Vamos a **tomar** refresco.

Vamos a **cantar** una canción.

¡Que divertido!

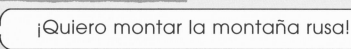

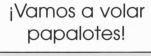

Vocabulario